闇の割れ目で

浜江順子

思潮社

闇の割れ目で

浜江順子

カバー作品＝井上雅之（所蔵：文化庁）
作品撮影＝林 雅之
装幀＝思潮社装幀室

I

獄中の虫

棘のある大きな山につま先だってナメクジに舐められるような。
内が檻か?外が檻か?果てしない疑問を揺らして、口を拭うと、
そこは夏をはらんだ風がさわやかに吹き抜ける長い回廊だった。

勇気は必要ではない。熱烈な接吻も必要ではない。起立した陰
部のように脈打つ「装置」を抹殺することこそ必要だ。いつで
もドクダミの花を貪り食いながら、明るく死ねばいいのだから。

屋根の上の監視望楼では、一羽の百舌が死神を呼び込むように
ひたすら蒼い空と対峙している。狂気はいつだって滋養にして
凶器だ。「もしも」は、すべて狂気の歯で噛みくだかれる。

楼上から群青色の雲間に死の境界がスペクタクルとなり、激しく揺れ動くのを見て、そっと大広間へ通じるゴシック様式の扉を開けると、真実が端正な表情で邪悪な息を噛み殺している。

オークの柱がみごとな大広間には、認知されていない情念がゆらゆらと立ちのぼり、定義を極上に埋葬する。非認知こそが最大の善意だということに、誰もが気づいてしまったあの日から。

括弧の中に憂鬱を容積として隠蔽しながら、世界は荒縄で蛇のように巻かれてがんじがらめとなり、ゆるく死と同衾している。地球の影を踏んで、薔薇の紋章が美しい控えの間へと迷い込む。

月明かりの宵となり、ナイチンゲールの鳴声が中庭に哀しく響くとき、すべての虚実が燐粉を撒き散らし蛾のようにバタバタ集まる。私は芋虫のように身を縮めて木製ベンチでS字になる。

よろけて偶然に見つけた地下への階段を降りて、鉄の錆びた扉を開けると、そこは牢獄となっていた。驚いたことに獄中の小さな虫となった私が死という極薄の殻の中に入ろうとしていた。

城には死体があるから

端正な肉ほど香りが悪く、地下の迷路は続く。我々は死すべきところを見失ってしまった。城は鬱蒼とした森に囲まれているが、充分な悪意にも囲まれていて決して浮上することはない。

十四世紀から残された狂気は、まるで霧のように変色した内心と枯れた花を弱々しく輝かせる。喉にくい込む縄は蛇であり、蛇でない。娼婦の尻に罪はなく、粗めの火山灰でできている。

部屋ごとに飾られた絵画は、真夜中にゆらゆら揺れて、小舟となり、知への地獄へとまっさかさまに落ちて行く。そのたびに城塔は笑いながら、宇宙へと蒼い滑走をただ繰り返すのみだ。

性愛のかけらも粉砕されて、よろよろと昇華するように置き換えられたものは何と呼ぶのだ。権力がどんなことをしても黒い甲冑に潜む古い死体には絶対に打ち勝つことはできないのだ。

生物学的な意味を問われることもなく、庭の植物はすべて一筋の涙を流しながら、雌しべのない花を咲かせる。玄関を入ると、しなやかなアーチ型の円天井をしたホールは既に発情している。

さらに進み、なにやら紋章のある扉を開けると、装飾に彩られた広間にはあの死体がひとつある。夜ごとに嗤う死体はいまの世界とは無縁なようで、世界をそこからゆるりと枢にしている。

二十一世紀の死臭は城の死体と腸の管のように長い因果関係でもやもや繋がっている。奇妙な逆転のように。二重螺旋の多義性も少し煩わしいだけだが。要塞の断層にさえ絡みつきながら。

メカニズムもシステムもずたずたに切り刻まれ、城には死体があるということだ。欲望だけが天界へと浮上する。死体もそれにともない空をずるずる加速する。目にも鮮やかなやり方で。

ヘリオガバルスの汁

黒石と風がヒューと鳴ると
背中から精液が弧を描いて放出される
三日月の女神、アスタルテからの伝言か
悲しみが祝いになる
祝いが悲しみになる
死者の魂は太陽のもとに晒されて
性器をかたどる正義の形はみじんもなく
本当は己が身にひたすらおびえるだけだ
HELIOGABALUS、太陽神と称される男は
吹きすさぶ闇とともに
金髪の御者の愛人に身をゆだねながら

体液と精液と薔薇の香りのする葡萄酒を激しく攪拌し
キーンと凍らせたり
フツフツと沸騰させたりしながら
能面のように化粧した顔で
とろりとした真実を剝いでゆく
そこにはあまりにも美しい花々と毒々しい花々が合わせ鏡で咲き乱れ
うっとりと自らの頬と唇を撫でる
魚は陰部の泉にゆっくり放たれ
酸欠にあえぎながら
香油を湿らせた中心部をいまにも食いちぎろうとしている
自らの美貌をうまく飼いならしても
世界はコトリともせず
宇宙の車輪を空回りさせるだけだ
痙攣的に性格をさらに破壊すると
ひたすら隠した暗部が逆転してひかり輝き
薄紅色の体液と真紅の血を流しながら、骨が剝きだしにされ

ティベリス河の最期へと
さざなみのようにエピローグを奏ではじめたがるのを
紫色の夢の中にひたすら押しとどめ
美男たちの血のしたたる切り取ったばかりのまだ硬直した性器を
ああーと、大きく叫びながら振りかざし
通りを駆け抜けると
月神は見ぬふりをする
シュー、シュー、シュー、魂が消えゆく音が月をざっくり絞め殺す夜
両性具有者の垂れ下がる細めの棒状のものをゆらり揺らしながら
女汁も男汁も啜りつくす
遠い空に蛇行する虚実を尻に突っ込み
陰部に舞う魚を追い回す
天から降りてくるものも
地から這い上がってくるものも
ひとつの汁として白く混濁させ飲み干す時
見えてくるもの

それが何かは知りたくない
知る時がすべての終わりを告げるだろうから

透谷谷《とうこくだに》

垂れる重みを口で受け、軟体化する
くらげの軽さと鉄の重みをゆらゆら
堆積させる・・・・・・・・・・・
するすると蠢く闇と暁に付き従い、
ゆるゆると月、砕き、月、飲み干す
天垂れ、だれかの顔に似てくるが、
天の垂れは黒雲と混じり、首垂らす
谷はまだか・・・・・・・・・・・
底はまだか・・・・・・・・・・・
底には水垂れ、歪み、曲がり、天上
へと逆流する・・・・・・・・・・

水は忘れてはいない・・・・・・

水は必ず逆流する・・・・・・
苦い流れを首まで浸らせながら・・
花たちの甘い蜜は谷には流れ込まず、
谷は激しい地形のまま、幻想を消す、
そして、また現す・・・・・・

足の裏にキリキリと揉み込む棘、幻
の中に溶かし、胃の腑に落とす・・
死谷は素知らぬ顔の美空のもと、仇
花さすり、頬さすり・・・・・・
谷を弄るふぐりのような、柔らかな
心の臓を一突きしたい・・・・・
喉を一突きしたい・・・・・・
はらはら散る手、足そのままに宙を
舞う魔に魅入られ、弱くなる・・・
穴が随所に空いた弱くなった尻に逃

げ込みたい・・・・・・・・・・・
長く谷にある骨に既に頭蓋骨はなく、
散乱し、風に吹かれる音が蝶の羽根
のようにかさかさと鳴り、谷の水を
吸い込み、暗い灰色となる・・・・
骨たちのざわめきのままに、水はま
だ忘れてはいない・・・・・・・・
死んでも忘れえないだろう・・・・
だから、谷が必要なのか・・・・・
冷たい銅貨のような死が来るまえに
足を伸ばしたい・・・・・・・・・
葉ひとひらひとひら、別れの根を生
やすまえに・・・・・・・・・・・
谷にいる・・・・・・・・・・・・
谷底にいる・・・・・・・・・・・
這い上がれないから・・・・・・・

雪崩のように押し寄せるあれから・
鷲のように羽交い絞めにされるあれ
から・・・・・・・・・・

月透谷

月にころんで
月にみいられ
透谷、月透谷になれり

神経、ちらちらと夜に翻られ
白さ、呪われ
青さ、沈み
月透谷、闇に飛ぶ

群青色の雲
足の筋肉にかぶりつく

どこぞの滝が鳴るから
死んでみます

愛着なく
更地なく
着地なく

月透谷
ゆれて、ゆれて
湖の水、すべて飲み干し

ちりちりと神経、焼き
みみずとともに
脳髄、ゆらゆらと吹き流す

月も亦た笑へり *

月も亦た笑へり

＊北村透谷「電影草盧淡話」より

Ⅱ

渦と禍のはざまで

足のすぐ下は渦の森、ゆくえ知れずの沼
（膝下まですでに真実は沈んでいる）
　　形而上を糊にして脳をぷるんと震わす
（溶かして、プリンをつくろうか？）
　　　　迂回しても本当の毒は見えてこない
　　　　（毒は純粋な水からつくるというのは本当か？）
　　　煙の延長線上に唇のやわらかさを求める
　　（エロスはその庭でうろうろしているはずだ）
迷路はもう食い尽くされてしまった
（だから、さっきのハンバーグはおいしいのだ）
　渦は禍を内包し、地底を隠す

（見えないものが送付される先はいつもあそこだ）
耳の三半規管のようにうねる構造を内在させる
（迷路の構築は常に霞んでいるらしい）
また初めに戻ろうとする回路を切断せよ
（くねくねうねっても、本当の穴を知らない）
そこから先は猿の回路ということ
（いつだって、猿の郵送先は誰も知らない）
狂気の罠は美しさに彩られ、虹さえかかる
（その底には、黒い虚実が溜まっている）
安らぎは容器に盛るには向かない
（言っていないと言っている者ほど言っているから）
郵便配達人の足幅で今日が沈下する
（蒼い光を見る前に絶命するかもしれない迷路の恐怖）
爪先立った足の先が感じる狂気を他者の皮膚に送り込むだけだ
（装置は完璧だという人々には死臭を受け取る容器がない）
激しく叩かれる扉はその価値を内包しているのか？

（くねくねくねる構造から玉がぽろりこぼれ落ちるまで）
玉には女神が住んでいる確証がない
（空を飛ぶ夢想が目に刺さる凶器にならないとは誰も言い切れない）
　螺旋階段の交接は腐らぬうちに素早く回転させよ
（快感が身体を貫いても背骨がそっぽを向いている）
　渦が禍を生むという怖れが顔をぐじゃぐじゃにする
（青がさらなる青を生むように）
　それは卵の地球的回転ということに帰結させよう
（たとえ、匍匐前進しかできない蜂蜜という泥沼の上でも）
足をコールタールに取られても身体はカラッポだ
（たとえ、神が自転車に乗れないとしても）
アジサイは毒を秘めて明るく装うから
（かたつむりの毒もずっしり腰に塗りたくる昼間）
朝という回転がずっしりと重くなる日
（誰～だと言われても、化物以外いないのだ）
はざまには魔がいるから、怖くていけない

（分裂に分裂を重ねても、また起点に戻ってきた）
迷路には細い水路も組み込まれ、輝いている
（そこは他者の濃い臭いもして眩暈する）
責める手が責められることもあるから
（根源的に内在するものはないことに気づく）
どしゃぶりの中で走ると、迷路ははたと切れた
（そこにまた新しい迷路があったとしても）

闇の割れ目で

暗い闇の尾を摑むと、また粘着性のある薄い闇が続く《ソコニハ林檎ノ芯ガ細カク震エナガラ何カヲ語ッテイルダケダ》闇もすきずきで風を通す《闇ノ主ハ我ガ物顔デ、ソコイラヲ食シ、南瓜ノ種ヲペットハク》たとえ真夜中に咲いた人形だって、血を流す《イツモ血ヲ飲ミ込ムダケノ人ヲ哀レムナ》眩暈を起こしながら、ぐっと突入すると、横長の傷の中に少し塩辛い水が流れてくる《ソコニ顔ヲ見セズニソックリ返ッテ座ッタ何者カハ、煙草ヲフカシ知性ヲ嚙ムフリヲスル》爛れた指を大地にぽとりと落として、流れる水に任す《スベテヲ開ケテ真実ヲ見テクレトバカリニ、アタリニ潜ム蝙蝠ハ垂直ニ飛ビ去ル》闇の割れ目には眼がぎっしり詰まり、青い風にさらされている《死ダッテ必死ニ死タラントシテイルノダ》闇夜は人を謙虚にさせるというのは本当かと問うと、かさこそ葉たちが風に舞い嘘をつく《傷ハ表ニハ見エナイガ内部デ巣クイ、カラメル状ニナッテイル》遠く桜は未だ死んだふりをして、狙いすましたように角を曲がったところに隠れ、そっと春を待っている《人ハイツシカ、人デナクナッテシマウ》突然、殴られた横っ腹は、薄紫の痣をぴゅうぴゅう揺らしている《トントン、シテモイイデスカ》寒さを受けて駆け込む駅のトイレの便器の割れ目は、やっぱりトントン死んでいる《モウ闇ニモ目ガ慣レテ、今日モビラビラ死ンダフリヲシテイル》暗がりに潜む者は、突然転がる石のようにおもしろくなる

夜風妖《あやかし》譚

するすると夏の夜風、色装ひ、寺飲み込み、芹噛み噛み、ある夜、突然、川向かふの小さき町に妖怪生まれり。三日月にゅるにゅると舌出す丑三つ時、藍色の川よりやや細き人型にて這ひ出でぬ。夜風に当たるほどに、刹那の梨、食ひ散らし、その形、自在に縮み、つひにある人の腸《わた》に入れり。かの人の腸、真《まこと》の心にけぶり、唐墨としても食らふるほどに、飴色となりにける。かの人、女人に色めきつつも懸命に学び、時々猛り狂ふ。そのたびに、妖怪も腸のなかでゆらゆら揺れ、紫の涙つつっと流し、星の灰汁を欲す。されど、その腸、心地よく、腸の壁にぺたり張り付き、阿弥陀仏のことなぞあれこれ思ひ廻らすほどに烈しく眩暈して、妖怪、寸白《すばく》のごとく細り、つひには黄ばみたる褐色となりぬ。妖怪、小さき心で腸の主との心の通ひ合ひを求むるに、その術もなく、細った身を捩り、嘆くばかり。寄生《ほや》せらるるかの人、妖怪に気づくことなく、さらに真を求むるほどに、その一心なる気は腸の妖怪の妖気《わざはひ》呼び込み、次第に真に雲入り、毒入り、茸入り、菌入り、魔入り、つひには真はゆらゆら土色となり朽ちゆく。次第にかの人自らも妖怪となりぬ。巷にかの人を呼び、かの地に妖怪出でたりという噂広まりぬ。腸に寄生せし妖怪、身体の主の変はりやうに慌てふためき心痛むるも、術なく、寸白のごとき身体をひたすら捩る。三月《みつき》ばかり過ぎし時、かの人、真曇らし、心曇らし、脳曇らし、尻曇らし、つひに自害せり。腸に住みし妖怪はかの人の死、しばし気づかず。されど、腸しわしわ萎むるほどにはたと思ひ、その死を悟りぬ。妖怪ひらひら、ぬらぬら、かの人からゆっくり這ひ出でぬ。妖怪、かの人を殺めたる自らの妖気恐れ、恥じ入り、人魂凍る蒼き月夜の深き森に隠れけり。それより妖怪、いっさい見たる者なしと聞き及びぬ。

＊寸白　真田虫の意

内包する石よ

静かな湾にいる魚のようにうねる位置に、石は確実に存在している。高鳴る胸の鼓動もそこにはとどかない。石は主張をすることもなく、寡黙な草のように鎮座する。石のまわりにはごく薄い膜があり、痛いオーラを放っている。石は少しずつだが、移動しているようだ。移動した後には細いミミズ腫れのような跡が残り、かすかに硫黄の臭いがする。石は宇宙を飛ぶ石と通じていて時々、会話を交わしている。んんん

んんんんんんんんんんんんんんんん
んんんんんんんんんんんんん・・・
石と石との交信は深い緑の茂みを想わ
せ、大気中の尖った耳を時折ふるわせ
る。石のまわりに蠢く生物はなく、そ
のすべてに積極的なかかわりを持って
いない。石は馬蹄形の外壁部分を背に
しているが、限りない暗部と切れ目の
ない接点を持っており、きらめく結晶
も見られない。構造が美しい隕石でも
ない。しなやかな空気を震わせて、石
は時折、呼吸をしているようにも見え
る。確かに石を中心に何かが回ってい
る。世界はそこを中心に内包されてい
るのか？　石は地球の嘆きを秘め、時
時涙を流すかのようにその表面をじっ

とり濡らす。砂漠の戸惑いにも似た虚構がそこからかすれて重なり合い、やがて色を成し、ゆらゆらと立ちのぼるようにも見える。

グリーゼ581gの境界へと

壮大なスペクタクルもレレレとかわして、飛行する。見失うべきものもないま、宇宙の果てをすごいスピードで飛んでいる。飛びゆく自分と沈みゆく宇宙のただなか、闇とのたうち、いつしか龍のような蛇のような蚯蚓のような。すべての葛藤が火花を散らす漆黒の闇はあくまで美しく、醜い。


飛んで、飛んで、飛びまくれ。

何者かわからぬままに。

雄大な宇宙のヒラヒラ、ビラビラを掻き集め、なにやら猥雑なものとして。

昼と夜の間が揺れこみ、揺れこみ、蚯蚓状の迷路をうっすらと抜けると、もうグリーゼ581gの藍色の薄暗がりに滑りこみ、異形の人間となっていた。ど

こか硫黄の臭いのする空間からは、6個の惑星がいやみのように付きまとい、
ボロボロの心を缶切りのとんがった刃で溶岩のように血を流させる。

と、と、と、とんがる心臓で境界を突き破れ。
孤独を測量して、岩となれ。
とんだ、災難だ、とんだ、幸いだ。

もう地球へは帰れないという不幸と幸福でむずむずして、尻から爆発する。地球なんぞ、丸めて、犬に食わしてやる。地球を捨てるか？　捨てられるか？
ここで異形の人間として生きることこそ、糞のようなよろこびだ。幻想を燃やして、擂鉢状の空間で芋虫のように蹲る。生物はグレーの視界には見えない。

紫の屑で首まで埋まり、
イモリのように動くと、
天体全体が輪切りのような死体となる。

這うように首を振り回し、腸の出てくるのを押さえながら、必死で食い物を探す刹那、『どうしてここにいるのか？』という思いが青い霧のように覆ってくるのを、腹痛とともに振り払い、なぜか身体の前に反転した肛門を必死で押さえる。一匹の蠅のようによれよれになりながら、小宇宙へと迷いこむ。

いまは見えない地球の原罪を振り払い、
ふるふると葡萄状の房になる
ひとときのよろこび。

周期に合わせるべきか、周期を無視するべきか？　アインシュタインも食い散らして、ひたすら遠い地球を想う。流れる星雲を眺めながら、死の異端になれるか考える。なれる、なれない、なれる、なれない……。そこは、清い風の元だ。振り切るべき知性も怖れも光速の果てだ。

○○○もいない天で
湾曲しそうな耳を押し当て、

真実ひとつ股にはさむ。

穴がぽこぽこ空いた孤独をサンドイッチにして食うと、身体が球状に丸まり、ころころ転がり、偶然に少量の水を発見する。ごくごく飲む力と無気力が一緒になり、自分に腹を立て眩暈する。激しい温度差にやられて、地球の金の価値がぐんぐん近づくが、もう遅い。ここで死ぬのか！

目が霞むなか、花のようなものを見つける。
ここで生きるのか？　死ぬのか？
どうでもいい思いで醜悪な死を丸呑みするカラスの羽となる。

地球も孤独な星であることに初めて思い及びながら、自らの孤独とシェイクされ、わけが分からなくなり、身体が溶けて、脳が溶けて、無限大となり、宇宙の塵となり果てる。蛙ぴょこぴょこ三ぴょこぴょこ……、蛙声で、「ここにいるぞ〜」と叫んでも風の音しか聞こえず、星の残像に祈りながら、刹那する。

西にほ〜い、東にほ〜い。
もっと水が飲みたい。
宇宙の果てか野の果てか?

惑星でお手玉しようにもそれもかなわず、塵からさらに5粒の分子に成り果て、宙を彷徨う。来るんじゃなかったという思いもガスにさらされ、無残な黄褐色となり、もだえてみても、もう遅いが、フーム、心地よい。地球に戻りたい思いが熱い爆風となる。吹っ飛ぶような分子になりながら、小さく黒く叫ぶ。

分子のまま、航海に出るか?
どこぞの彗星に張り付いて、
地球に帰るか?

突然、衝撃とともにワームホールを見つける。チカチカする安キャバレーの灯りのような光のトンネルのなかを死んだようによれよれとなり、時空を移動する。すでに己はなく、虫の意識となっている。出口がどこかまったく分からず、ずんずん進むと、突然ポンと地球の元いた場所に戻されていた。

地球に戻った時、
肉体はすでに死滅して、
ひとつの悪性の菌として存在した。

＊グリーゼ581gとは、生物が存在する可能性が高いといわれる太陽系外惑星のひとつ。

Ⅲ

足舐輪廻

足のない男が女の足を舐めると、天空の青い矢車草がゆっくりと美しいままに枯れ、萎んでいく。女の足の小指は流れ、流れ、速い風足となる。二人の唾液は死液となって、粘り、土くれと絡まる。蛍が快感のたびに脳天を巡り、海となる。女は男のない足を夢想しながら、男の足を舐める。男は足があるかのように悦楽すると、死の断片が雪が降り積もるように、積み重なり、いつしか苦行の行為になっていく。男はない足をまるであるかのように伸ばし、毛脛さえ精液と打ち震わせ、女の足を舐める。足のホクロが霞んで、鳥となり、薄明るい闇を掘る。エクスタシーは、指先を抑圧させ、過去への装置をコトリと内在させる。そこは潜む蚊を凍らすほどに、情熱の中に氷の刃がある。氷の情熱は鉱物となり、緻密な理性を欲望に埋め込む。足のない男は、ない足ゆえに執拗に女の足を舐め、死への道に埋まっていく。男は足が舞い戻る瞬間の夢を見ながら、ふたたび行為へと戻り、さらに地下へと埋まる。男の「足が欲しい」という欲求がふつふつと女の中で膨張し、爆発しても足はない。どこにもない。男の絶望は月に食われ、細い紐状となり、そこから細い褐色の魚として、輪廻する。魚になった足のない男はいまも足のない部分がかゆくて、かゆくて、たまらなくなり、突然狂ったように笑うのだが、なぜか魚になった男から声はまったく聞こえず、鱗だけがにぶく闇夜に光り、男のなくなった足がいずこの彼方より舞い戻り、薄暗い月夜に宙ぶらりんとなって覗く。

＊二〇一〇年映画『キャタピラー』（第六〇回ベルリン国際映画祭銀熊賞〈最優秀女優賞〉他受賞）から連想設定

曾根崎の森、宙の道行き

森の地、森の血、ぐらり、がらり
走るは、森の芯、顔の陰
飲みこむは、青白い月の腹、背中の尾

徳兵衛、お初
暁に向け
赤い身、ひたすら剥きあう

憎むは
空でなく、まして遠い海でもなく
露草の薄情、たらり、ひらり

足絡め
指舐め
天から垂れる甘い死の汁すする

森、こわく
闇、うれしく
こがれるほどに根長く垂れ

人の勝手を
尻に敷き
地獄の驟雨ずるり、飲みほす

種はないから
取りに行く
地の果てまでも

哀れ二人
狂気の醒めぬうちに
これが末期の飴かと、舌舐めあう

しゅるる、しゅるる
縷々思い煩うこともなく
宙へと上る、白き道行き

天上へと続く細い道
なぜか人参の匂いするなか
逆子の形で、すとんと地獄行き

奇妙な形で、ひしと抱きあい
最期の精、天から放ち
「白い雨だよ拝みな」と、ことり呟く

塵芥に成り果てても
愉しいこころ
沸きたち

途中、三角地点でふと我に返ると
二人とも月型に丸まり
そこは死の繭のなか、夢のなか

獣道から

舌の根には、なにもないのを確認する勇気がない。月夜に逃げる道は歩くそばから溶けていくだけで、猛り狂うものはない。孵化もなく、負荷もなく、ただよう蚕の糞の溜まり場となるだけだ。青い腐乱から逃げ出す林のようにひとっ走りしてみるか？　突破口をコンクリートで固めて、湖水に漂い、死に顔になる。ぎゅっと、嘘。かっと、嘘。さっと、逃走。無感覚の宇宙に鉄の臭いを残す罪。あがなうのは鼻の穴からせよ。獣道は水のしたたりを快感として続く。ゆらゆら揺れる風が入ってきたよ。存在しない断片を掻き集め、掻き集め、遠くに眼球をつくらなければならない。移ろう雲の芯を齧り、あの種のなかに入っていくべきだ。歪曲された言語を敷いて、墓穴を探知する。帆を張った心臓に強風が集まり、前に進めない。進みたくない。台風の目のような無風状態のなか、細い道を食い、進むと、さらに細くなった道が泣く。膝から先はもうなしということにしよう。入れるものがないから。輝くオレンジも鈍く光る薬莢も。遅すぎた手紙も返ってこないメールも。目を細めて先を見ようとしない奴らと目を見開いて先を見ようとしない奴らと。言葉を掻き集め、燃やす。嘔吐に根をはやした獣道は、今夜も銀色に裏返った沈黙と地下奥深く潜む非在を主張しているだけだ。月夜の光も届かない暗さの快感が勝り、獣道のなか、届く器官を持たぬ者たちが佇む。

Ⅳ

台風のうなり声

台風はあたふたと大股で脇をすり抜け
天空の半分、太陽、半分、黒い雲のその中心から
ゴーゴーと
孤独なうなり声を残し、去っていった

私もまるごと
台風の巨大な口から
吸い取られたらと……

思う間もなく
空はみるみるうちに

雲を掻き散らし
陽光を満たし
素知らぬ顔だ

塵芥を一掃したかのような空に
爽快感に違和感を掻き混ぜると
真黒なカラスがいっせいに何かを告げる

風が連れてきた
ガラスのように光る真新しい鋭角な空に
人差し指を切りながら

少し血を流すと
台風のうなり声に呼応したかのような
細いよれた獣道に
一匹のカラッポの私が立っている

台風一過、太陽にさらされて
すべてがまた粉を吹きだした

傷の道と

湯に拮抗する
傷の道は身体の中心で
か細い沈黙を立てる
裸は裸でなく
やすらぎの死体だ
たゆたい
のばされ
うたい
内臓を窓の外の凍える冬の夜空に
ひとつ、ふたつ
まあるく放り投げると

音のない音が少し騒ぎ出す
ひととき宇宙がふるる震えるようで
足が舌となる
オリオン座の光とともに
脳味噌はゆっくりと流れ出し
夜空の片隅でうっすらラードのように固まっているではないか
震える星々はなにやら遠い悲鳴を発しているが
範囲にない
通り過ぎるエンジンの音も
コンビニのまたたきも
湯は取り込み
とろくなり
たるくなり
傷の道に優しい
ぷりぷりの新鮮な危険は
濃厚でおいしいというが

いまは湯にピンとはじかれ
今宵、月を齧るいい夜だ

自転車をコグ少年たち

里芋の葉っぱから風を受け
太陽を小さな乾電池にしてからめとり
コグ、コグ、ゴク、ゴク
毛のエネルギーを飲んで
一瞬、鋭角な宇宙からの紫色の液体になる

駅への小道は夏の風とともに
少年たちの蛇城だ
血色のあやうさを
内臓にぐつぐつ秘め
そこいらじゅうの青を食いまくる

人は誰でも人を殺そうと思えば
いつでも殺せるが
いまは外部化させ
ぷらぷらさせて
不格好な繭にして内包する

揺れ動く吠えを
ふくらはぎに筋状にいっぱい詰め
もぎたての胡瓜色のレゲエに
波打たせながら
コグ、コグ、ゴク、ゴク

コグ先はどこか?
どこだ?
コグたびに

脳がもやって
夏の風の快感と飛ばす

いまは空っぽにした陰部と
コグ、コグ、ゴク、ゴク
飲みこんでいくうちに
ちいさな羽根にも黒い筋肉がついてきて
コグ、コグ、ゴク、ゴク

ジゴクもゴクラクも
コグ、コグ、ゴク、ゴク
飲みこんで、噛み砕いて
風の少年たちは
マグマを舌で冷ます芸当も覚える

天の底に穴をあけ

笑い飛ばす
地の底を抜いて
絶望しても
気持ちよさが尻から夏の風と抜けていく

自転車でどこまでも走る
そこがどこかは
知らないけれど
心臓に極薄の車輪をペタリ接着して
地球の底まで夏を駆け抜ける

鳴る毒

鳴る鳥の、鳴る死の、片割れの、土割れの、我々の、形見なのに、毒漂う。海の、山の、谷の、残骸だから、身削られ、芯残る。青き悲しみの、青き残忍さの、戦いゆえに、飲み込む。青ねぎの青が、空を翳る。卵を飲み込む蛇のような昼だから、どうしようもなく白い花々が咲くのみなのだ。均整のとれた身体だからといって、ゆるぎない死。毛虫を焼き切る勇気も、焼いてしまいたい。海の亡霊たちが根を揺らせて。他者は他者として、毛虫は毛虫として、存在しても。痛さが行為を黄色に染めても。

ジン、ジン、ジンと鳴る死の、

揺れる非対称の人格に毒を噴霧して、陽炎としても、耳が鳴るだけだから。死への踊りははるかに続く。逆説は武器にはならない。振り、振り、振り、森も振られて、溶かすためにあるから。人すべてが自己の中心を摑んで、走るわけではないから。走るのは、怖いからではなく、振り切るためなのだから。真実なんて、いらない。いるのは、ある把握だけだ。人が叫んで、陰部を枯らしそうになっても、毒は遠慮しない。海が起立し、本当は明るい太陽が毎日を食い散らすから、鳴る死を静かに聴くだけなのだ。

ジン、ジン、ジンと鳴る月の、

涼しい空気を食べることができるなら、できるだけ足音を軽く、軽くしよう。雨の降る日日を揺らして、地球全体を揺らして、蹴散らす者を探している。空を垂らす邪悪と空を舞う天女の間隙に死骸が密集しているといっても、誰も驚かない。猿の頭ほどの真実に齧りついて、山を越したい。去る花はいらない。凜々と鳴る胸だからこそ、毒も鳴る。ああ、あらゆる所有物を捨てて、月になりたい。確信など、どこを探してもないことに気がついて、脱走した犬になる。地上の報いにとめどなく真っ黒な人々の肝が押し寄せる。

ジン、ジン、ジンと鳴る血の、

放棄された真実と嘘を胃に溜めて、ガクガクする日。片隅のゴム輪の跳ねる力が世界をつくる。未来を褐色に染めて、非真実を真実にする。ジンジンと鳴る毒の、毒にやられて。危険という危険を集めて、飲み干すと、腹にドスンと溜まる。逃げ出したい心を締め殺して、叫び声とする。存在はもう必須ではない。衝撃的にガーンとやられて、無限を笑いとばす。街の鳥はどこで水を飲んでいるのかという疑問を、空に投げて。答えを放棄すれば放棄するほど、透明な液を中心部から垂らし、一瞬、イエスのような顔をする。

ジン、ジン、ジン、ジンと鳴る地の、

木々の緑の中に、ぽっかり空いた孤独の穴。突然、ハンバーガーが飛んでくる。非在の輪としてとっ捕まえて、雲のど真ん中で立ちすくむ。壊滅状態とともに、漏れているものは何だ？　不確実な確実を見たような気がしたが、毒が回ってきて、鳥が死んでいく。とかげもう粉末だ。筋肉の試行錯誤の後、限界まで目を剝く悲劇。毒はどしゃぶりを裏口から逃すが、容赦ない。不死鳥のように振る舞い続ける、蝙蝠の骨を嚙み砕き、明日へと跳びたいのだが。さみしげな脳が泥の中、液体と化しても、鳴る毒が死を告げる。

ジン、ジン、ジンと鳴る毒の、

喜劇の空

亀裂した空の穴から人参サラダがふるふる降る
高層マンションの縄はねじられ、ねじられ
ブラジャーをする男たちのうめき声は高く、低く
悲劇からできた喜劇だから
誰もが本当は自分の尾っぽを知らないという
枢形をした尾は未来が嫌いだから
ちょろちょろ隠れたいだけなのだ

おかまたちは目をしょぼつかせ
じゃがいものように毒をぐんにゃり発芽させては
百年のため息をつくふりをして

女性形の死をけっこう器用に正三角形にしてみせる
不透明な制度だけがいつも正しいという
正義はもう火傷すれすれだ
まだあの星からのエスカレーターは来ない

こげだした遁走の苦難をも食おうとするアメーバたち
像は像を結ばないから
やはり仮面をつけておかなければならない
可笑しさはいつも眉毛の上すれすれに這い上がる
毒へビは笑いを
キートンの宇宙が裏返るほどに
腹にぎっしりと詰めている

プロフもふあんふあん飛んで
不安だらけだから
うんこ座りの下に紛れ込む

アイスクリームも爆弾になりたがるいま
脳味噌にも鍵をかけて
そそくさと冷凍してしまおう
永久凍土になる前に

愚禿もつるっ禿も暗い森をかきわけ、かきわけ
本当は切ない輝くクローンを待っている
死の臨界はいつも真珠のきらめきで満ちているから
もう笑い飛ばすしかない
蚊トンボのようなあやうさで
かわす死の誘惑を尻に敷きながら
脳はもう乾き切って引き攣るのみだ

いつも内的体験は瑠璃色のガラスのように
表層に苦い思い出を閉じ込め
アイロニーでよどんだ気泡をつくっている

顔をゆっくりなぞる手に
鰐の油を塗り
愉快と不愉快をシャッフルさせ
三拍子でしゃっくりをしてみせる

右前頭葉をピクピク動かしながら
ピンクの桜を食べ
淡い微笑みを紡いでも
春は全速力で
するりと身をかわし
蒼い惨劇をケッと笑い飛ばしながら
遠い空にゆらり分離していく

魚に呑み込まれた男根を
探す手はただ零の一点で止まり
悲劇の喜劇の破片をひとつひとつ丹念に拾い出す

春嵐の砂塵の舞う
薄紫の渦のなか
愉快な鳥たちは
朗らかに無色の目をして自死していく

行旅死亡人ノ笑イ

穴ガ無イト言ッテ
穴ノセイデハナイ
臓器ノ語ライハ
鳥ニ喰ワレ
管状ノ芯ニ
神トノ怪シイ交接ヲ
隠シモツ
快感ハヒッソリト
谷ト尻ヲ蹴リ上ゲ
虚実ヲ火花ノヨウニ散ラセル
暴力的ナ剝キ身ノ真実ヲ一ツ二ツ

客体トシテ
モクモク不完全燃焼サセルト
月ガコロリト転ガリ
死体ガ一ツ暗号化スル
多孔質ノ細胞タチヲ
ダマクラカシ
封印スルト
去勢サレタ悲喜劇ガ
蚊トナッテフラフラ飛ブ
縮ミ上ガッテ繭ニナッタ死ハ
極細ノ糸ヲ吐キナガラ
神トノ濃密ナ抱擁ノナカ
脳髄ヲ破壊スルグライニ笑ウ
勃起ガカラカラノ死ノ中カラ
壁ヲ引キ裂ク瞬間
マバユイ閃光ヲ見タトシテモ

事実ハソノ起立ヲ
変容スルコトハデキナイ
接近不可能ナ接近ノ中
暗イ床ガ
大キク揺レテ
地下ニモアルトイウ荒海ノヨウニ
ユラユラソノ死体トトモニ沈下スル

隣人のうろこ

ゆるい刃の異質な核は
苦く、軽やかなアスファルトの助走とともに
なぜか一点で静謐となり
世界は一瞬で見知らぬ顔で
死産されていた
生まれたばかりの死は
喉仏まで見せてくれた
通りのむこうとこっちでは
定義は既に異なり
祈りが狂気となる
いまは乾いた有機的律動を頼りにするしかない

魔物はすりへって
負の増殖という義務を蹴飛ばす
繭に収まったものと
繭に収まらないものが激しくぶつかり、転がる
出口にはいくつも水道管が絡まり
見果てぬ大蛇になる
振り返らぬ時を噛み砕くように
時間はゆっくり腐りはじめるから
キーボードの殺戮は
終了後にはその身を
嘘のように晴れやかに解放し
死を酢漬けにする
アステカのいけにえに投げるつぶても飛ぶ
交差点の失禁したいほどの恐怖は
水であっさり薄められ
ぱさついたカラスの肉を

目の前に提供してくれるだけだ
無残に去勢された夏が駆け抜けると
通りではもう一撃されたうろこがぼろぼろ剥がれ
再び死から解凍された隣人たちの王国となる
内耳を腫らしてしまうほどの街のうなり声とともに
かすかなハレルヤの叫びは
マンホールに吸い込まれ
信号はなにやら暗号を点滅しはじめる

V

すりぬける

宙と宙の内側をヒリヒリすりむき
痛みが着地するところはどこだ？
野鼠のフンを過去に飛ばし
子猫の死骸を事実の床にこそこそ隠し
かすかに硫黄の臭いさえする
スリリングなすりぬけは
背中の溝を冷汗でひやっと滝にする
装置はもういい
論争も血に溶けてこない
足の裏から神経がするすると伸びて
喉を突きぬけんばかりの事実が逆流するだけだ

年月が蒸され
有毒のガスを発しても
一歩も進めなかった
水晶の透明さも煩わしく
破線状に潜ると
そこはまたギザギザした破線
冷汗は沸点まで達し
ある構造の意志とともに
骨だけの人形として認知するのか？
奇妙な薄笑いが他人の臍でぴたりと止まっても
所詮、心臓はブリキでできている
ゼロから発する仮説も食い散らかし
解答は朽ち果てた城のようだが
感知したくない
漂う解決法など馬の尻にでも詰めておけ
回転は魔に魅入られて

北北東を指し示しているが
羅針盤は狂ってはいないか？
正解はあの岩塩を含んだ岩盤の中にあるのではないか？
動的なふりをして
実は何かを隠蔽しているのではないか？
そう、その南瓜の中に
あるいは、そのやや小ぶりの林檎の中に
ひっそり潜んでいることもあるのではないか？
後ろを振り向くと
そこは世にも恐ろしげな絶壁状の封筒に
素知らぬ目が連なり、じっとこっちを見ている
おおおおッ
驚くほどのスリリングなすりぬけが
拍子ぬけするほどの普通の日常にこそ
こっそり仕込まれていて
何事もなかったように

洗濯物のようにヒラヒラたなびいているのを
神の仕業と言わずして、なんと言おうか？

膜

すべての人のまわりには、必ず一つずつ膜があるという。半透明のごく薄いその膜は、自分自身にも他人にも見えず、膜自体は代謝を繰り返している。そして、その膜はある物質とある心を通すが、ある物質やある心は通さないという選択的な透過を行い、常に生き物のように呼吸をしているという。

通常、自分の膜も決して自分自身には見えず、他人にも見ることはできない。しかし、悪意や殺意、そして怒りの脳内物質等を通すことができ、それらが通過した瞬間の証としてオレンジ色に美しく輝く。ある者は「それはまるで人が火の玉に包まれているようだ」と語り、ある者は「それはまるで人が太陽の化身になったようだ」と語る。しかし、自分自身の膜がそのようにオレンジ色に輝いているかを、確認する術はない。

ある日、パンと胡瓜、トマトとそれに胡椒を買いに出掛けた時のことだった。男と女がまだ暑さの残る駅前通りでなにやら喧嘩していた。男はえらく太っており、大声を出すたびにズボンからせり出た腹は大きく波打ち、まるで腹の中のなまずが大暴れしているようだった。女はといえば、すっかり乾き切った毛にパーマが申し訳程度に残り、それらを少しとがった顎に煩わしそうに纏わせながら、キリキリと錐で刺すような言葉を次次に男に投げつけていた。通りすがりのまわりの人たちは、驚いたような、なぜか少しうれしそうな内心を隠した表情で足早に横を通り抜けていった。

他人の目も気にせず、男と女は罵り合って、いまにも摑みかからんばかりだったが、しばらくすると、誰の目にも明らかなオレンジ色の膜がそれぞれを包んだ。こころなしか、女のそれの方がオレンジの色味が強く、光に反射して、まぶしいほどだった。二人は三十分ほど互いの腸を引っ張り出さんばかりに激しく言い合い、摑み合った後、くるりと互いに背を向けると、左右の歩道に別れて駅の方に向かい、それから線路沿いの反対の方向にそれぞれ走り去ったが、なにげなく見ると、それぞれの膜には相手の死体がフックのようなものでぶら下がり、ゆらゆら揺れて、おりからの風にたなびき、美しい膜と死体は一体となり、光り輝き、くすんだ街でひときわ輝く存在として、ひとときそこにあった。

突風の底へ

赤子が一人、二人、三人と、突風で飛ばされ、市松模様のリュックサックに吸い込まれ、天空の底から抜けていく。アナーキストたちの赤い舌のせいではない。しゃがみ込むあの人もあの人も底が抜けている。着飾った女の尻も空を旋回して、天空の底へと突風とともに抜けていった。神々は生殖器をかたどった十字架とともに地面から一本、二本と、まばらに生えている。少年も持つべき底がない。掟ももう食われるべき物でしかない。しなやかな秋刀魚のようにしなやかになれない骨そのものももうどこにも存在しない。ぎゅっと握りしめられた帽子を載せる頭蓋骨も散った。底に何が存在するかが問題ではなく、底へ落ちていく事実だけが問題なのだ。萎びた茸もそうでない茸も太陽の方を向いて背一杯伸びようとするのだが、風は見向きもしない。当たらなさそうで、なぜか当たる予言は露の重さほども持たず、ぬるりと出てきた月を味方につけて、黒曜石の湿り気に張りついたままだ。月経の赤を想わせる赤子がさらに一人、二人と、突風に飛ばされても、いまや自分の尻に栓をするしかないということに誰もが気づいてしまった。ああ、良く寝た日だったとつぶやいたそばから睡魔は砂時計のように指からこぼれおち、突風に加担していく。陰謀も無謀もはらはらと美しく宙に舞い、奇妙なリズムで侵入を図るのだが、外では一滴も流れない血が、底の内部ではどくどくと孤独に流れている。

尾の内側

魚の尾をよじのぼるほどに
天空はかゆく
いのちの噴出孔を踏みたおす

進化と後退のあられのなか
ヒトはヒトを食うことこそ
限りない快感

驟雨を浴び
ジュラ紀を通過したら
足から干物にならないように気をつけな

尾てい骨を叩き割られ
背骨を撃たれ
尾を引きずり出されないように

ヒトの胚の尾は
ひらひらと天使と悪魔の境界を
くいくいと飲みこむ

さかさまに飛ぶ
やわらかなその尾たちは
魔界の根へと

いつでもヒトは
ヒトであり、ヒトでない、
ヒトだから

ヒト?
非ト?
否ト?

樹々たちの沈黙は
外を向いたまま
亜鉛となる

鎖骨をあの街の角で行方不明にさせ
巨大な不安を森のしっぽとする
どうだい?　真昼の雨たち

臍から下を
東風でぐっと誘引し
芯まで酔おう

機能するヒトも
機能しないヒトも
美しすぎる夕焼けが本当は嫌いだから

横たわる前に
硬直した身体の一部を
ひたすら隠すのみなのだ

「ヒト?」
と聞くサルたちを
分離することに価値を見い出して

進化の回路も
未分化の網も
壁に塗りこみ

この世に別れを告げるまで
ヒトになりきる接続詞を
探しつづける

怖いあの谷の水をずっとがぶ飲みして
血を真っ白にし
骨をまっさらな粉末にして

青い森を彷徨う
激しい鼓動が
少しだけヒトにしてくれたような

冬を生き延びそこねたサルを
首をカクンとして
埋葬しても

死が糸巻きのように
くるくると
狙いをつけてくる

いまは少しヒトの
水のように薄い自分を
いつかまたヒトでなくなる日まで飼いならす

Born↑Bone

骨から細く走る稲妻
光が光でなくなる瞬間
ある日、紗をかけて急に何かが爆発をする
↑↑↑↑↑↑↑↑↑↑↑↑↑↑↑↑↑↑↑
太陽が逆さまに水を噴出し
蜥蜴がエロスをか細くなるまで食いながら
何かを振り落とす朝
骨がうっすらと半開きになる
痛みの半歩先を
梨の香りとともに疾走する
↓↓↓↓↓↓↓↓↓↓↓↓

涙骨も仙骨も月状骨も
橈骨も尾骨も恥骨も
別れの露を一滴さえ蒸発させず
遠い海への遠吠えを縒りあげる
↑↑↑↑↑↑↑↑↑↑↑↑↑↑
踵で指し示す
よだれの地図は褐色のまじないか
ささくれだった悲しみか
ぼんやりとした薄味の虚構か
↓↓↓↓↓↓↓↓↓↓↓↓↓
あまり物のない部屋からの発信は
ひまわりの裏切りのように
飲み干せない
↑↑↑↑↑↑
まだ煙の出る熱い骨は
ひろいあげられ

薄暗い宙の池で
ゆらゆらと魚の鰓となる
↓↓↓↓↓↓↓↓↓↓↓
緑の中の軌跡のように
蛍の川のように
生がまたちろちろ涎となる
↑↑↑↑↑↑↑↑↑↑↑↑
矢車草に埋まる墓地に
風がするすると松になる
トントンと胸を叩く人と
↓↓↓↓↓↓↓↓↓↓↓
小さな曲がり角に風見鶏のある静かな町で
たくさんの根を吹き飛ばしながら
たくさんの唇を食べながら
吹かれていた
あの日のように

鼻をクンと鳴らして
↑↑↑↑↑↑↑↑↑

あとがき

パウル・ツェランが言葉に対して、〝しかしその言葉にしても、みずからのあてどなさの中を、おそるべき沈黙の中を、死をもたらす弁舌の千もの闇の中を来なければなりませんでした（中略）――しかし言葉はこれらの出来事の中を抜けて来たのです〟（飯吉光夫編訳『パウル・ツェラン詩文集』白水社刊）と語るように、漆黒の闇は、詩の生成への不可思議な蒸留の役目を果たす。

いま、私たちのまわりには孤独死、餓死、自死をはじめとするさまざまな死、大震災の爪跡、そして、これから地球規模で襲ってくるかもしれない巨大な災害への恐怖など、深い闇がまるでブラックホールのように広がっている。

私にとっての闇は、絶望するところであり、ある時はその片隅に腰掛け、足をプラプラさせたりなどし、ひととき憩うところでもある。そして、パウル・ツェランの言うように、この闇の中から一篇の詩を露のごとく得たい。それが現代の果てしない闇とどこかで脈打ち、通じるものであればなお良いと思う。

私にとってのこの第六詩集を上梓するに当たり、思潮社の小田康之氏、藤井一乃氏、装幀室和泉紗理氏には的確なアドバイスをいただき、ここに深く感謝したい。また、帯を書いていただいた敬愛してやまない入沢康夫氏、前作『飛行する沈黙』の小熊秀雄賞「選考の感想」の一部を今回の帯に載せることに快く同意いただいた辻井喬氏にも心から感謝したい。表紙に素晴らしい作品をご提供していただいた井上雅之氏にも深く感謝したい。

二〇一二年春

著者

闇《やみ》の割《わ》れ目《め》で

著者
浜江《はまえ》順子《じゅんこ》
発行者
小田久郎
発行所
株式会社　思潮社
〒一六二―〇八四二　東京都新宿区市谷砂土原町三―十五
電話〇三（三二六七）八一五三（営業）・八一四一（編集）
ＦＡＸ〇三（三二六七）八一四二
印刷
創栄図書印刷株式会社
製本
小高製本工業株式会社
発行日
二〇一二年九月二十日